KB136613

아버지의 창

지은이와
협의하에
인지생략

젊은시인선 013 **아버지의 창**

1판 1쇄 펴낸날 2019년 9월 28일

지은이 이 기 봉
펴낸이 이 춘 호
펴낸곳 당그래출판사

등록번호 제22-38호
등록일자 1989년 7월 7일
주소 04627 서울 중구 퇴계로32길 34-5(예장동)
전화 02) 2272-6603
팩스 02) 2272-6604
홈페이지 www.dangre.co.kr
이메일 dangre@dangre.co.kr

값 10,000원

당그래 젊은 시인선은 깨어있는 정신을 말합니다.
당그래출판사는 각지 사방에 흩어져 있는, 우리 삶에 양식이 될 원고를 모아 정성들여 펴내는 일을 하는 곳입니다.

이 책의 국립중앙도서관 출판사도서목록(CIP)은 서지정보유통지원시스템 홈페이지(http://seoji.go.kr)와
국가자료공동목록시스템((http://wwwnl.go.kr/kolisnet)에서 이용하실 수 있습니다. (CIP제어번호:2019036336).

아버지의 창

이기봉 시집

당그래

시인의 말

내가 시를 쓴다는 건 지금 어딘가를 올라가고 있다는 증거이기도 하다. 편해서 돌아보면 내려가는 중이었고 시도 쓰지 않고 있었다.

숨이 가쁘다. 올라가고 있기 때문이다. 살아있다는 것이기에 다행이지 싶다가도 내려놓아야 할 때라는 벽에 부딪혀 혼란스러울 때 시를 쓰곤 했다.

길고 복잡한 것이 무게인 것 같아 짧게 살아보자고 재촉하다 시도 짧게 되었으니 언어가 인간의 사유를 지배한다는 말이 뜨겁게 다가온다.

나의 오름에 함께 하는 들꽃 사람들에게 이 시집을 주고 싶다. 이름 없는 둔덕에 묻혀 향기만 토하면 되지 않을까 싶어 모인 사람들이니 삶이 시가 되기를 바라기 때문이다.

아, 홀가분하면서도 아쉬움이 남는다. 그래서 더 높이, 더 힘들게 올라가려고 신발 끈을 질끈 동여매었다.

2019년 9월. 안경 다리 입에 물고
이기봉

■ 차례 ■

1부

2부

3부

4부

5부

1부

물잠자리 떠난 교회

비가 심하게 푸덕이던 날
예배당으로 날아든 물잠자리
빈 십자가 끝에 앉아서 숨을 고르다
날기 위해 날개를 흔든 게 아니었단다

씻어내는 거란다
설교하는 거란다
예수 없는 교회를 매질하는 거란다

비가 개자 물잠자리 예배당을 떠나버렸다

생일도 관사(官舍)

아내는 관사에 앉아 밥을 먹다가
국이 싱거우면 창밖으로 손을 내밀어
바닷물을 떠서 간을 맞추고
애들은 무좀 걸린 발이 가려우면
학교 담벼락 구멍 사이로 발을 뻗어 자박거린다

봄

겨우내 쓴 침구를 돌돌 말아
한 손으로 옆구리에 끼고
아내는 세탁기로 간다

천하장사는 봄이 만드는가 보다

아내의 밥상

아내가 분주하다

아직 동이 트지 않은 시각
책상머리에 앉아 컴퓨터 자판을 두드리는 내 등 뒤에서
아내는 여명보다 더 재게 달그락거린다

휴가를 마치고 귀대하는 아들에게 건넬 밥상을 차리는 아내
그때만큼은 엄마일 뿐 아내의 자리는 없어 보인다
아내는 꿀렁대며 밥을 넘기는 아들을 보고 싶었겠지만
출근에 쫓겨 그리할 수 없는 것과
귀대하는 자식의 뒷모습을 봐주지 못하는 미안함을
밥상에 담아 말하고 싶었을 것이다.

"학교 도착"이라는 아내의 문자에
밥상에 앉은 아들 사진과
"잘 먹어서 보낼게요"라고 문자를 보냈더니
아내는 "고마워요!"라는 문자 하나로
자신의 심정을 고스란히 들키고 말았다

거실엔 아내의 밥상 냄새로 가득하고

밥상이 눈물이 되는 순간과
아들이 갑자기 얄미워지는 시간은
아들의 빈번한 젓가락질로 혼란스럽다

아들은 엄마의 밥상 앞에서 기도를 했지만
밥상으로 엄마가 하느님이 된 것을 알기는 할까?

28년째 아내

양지머리 17,900원
천혜향 24,500원
케이크 14,900원

양지머리는 냉장고에 두고
큰아들놈 자기 취향대로 사온 케이크에 커피 한 잔
인디언 플루트로 띄엄띄엄한 생일 축하 노래
어느 것보다 가족의 웃음이 선물이라는 여인이
쉰다섯 해 전에 태어나 내 곁에서만 28년째다
생일인 건 아내인데 행복은 온통 내 차지다

아내가 웃었다

부엌 창문을 열더니 아내가 웃었다
포장지도 없이 달랑 꽃대를 드러낸 프리지어 열 송이가
아내 손에서 아내처럼 웃고 있었다

투박한 손을 가진 초로의 남자가
도둑 걸음으로 창문에 놓고 간 프리지어 앞에서
아내는 정말 행복하게 웃었다

선물은 주는 사람의 마음이라는 것
환하게 웃는 건 선물한 사람의 마음을 읽었다는 것

아내는 환하게 웃는데 난 자꾸만 눈물이 났다

당신의 봄옷

아내가 옷장을 열며 툭 던진 말
"겨울이 기고 입춘이 됐는데도 겨울옷을 입어야 할까?"

옷장을 등지고 구화처럼 내가 하는 말
"늦더위가 짱짱하듯 입춘 추위에 어깨 굽는 법이야"

지난 대보름 귀밝이술을 한 됫박 마셨는지
"봄옷이라도 사주면서 옹알거리지…"

겨울옷을 입고 설거지하는 아내의 뒷모습에서
애드벌룬 한 개가 솟아올랐습니다

가만히 다가가 등을 대고 옹알거려봅니다
"내가 당신의 봄옷이면 아니 될까요?"

아빠와 아들

아들의 손에 물기가 있다
등 뒤에서 나를 안더니
울었나 보다

발에 물기가 있다
내가 잠든 사이에
아들이 또 울었나 보다

아버지 1

빨리 프로야구가
시작되었으면 좋겠다
아들이 병장이 되기 때문이다

아버지 2

아들 방과 거실 사이가
휴전선이었으면 좋겠다
내 맘대로 부르지도
일 시키지도 못할 테니까

생일

엄마가 유난히 생각나는 날
불효의 기억이 꼿꼿해지는 날
그러다 하염없이 목이 메는 날

바늘귀를 꿰다

여름샌들 뒤축 끈이 헐거워져
나일론 실로 한 땀을 주려는데
바늘귀에 실을 꿰기가 낯설다

실 끝에 침을 발라 매몰차게 손가락으로 돌린 뒤
날 선 실을 바늘귀에 들이대도
실은 여전히 바늘과 따로 논다

서너 번 헛짓하다
씁쓸한 마음으로 돋보기안경을 집어 들었다
환한 세상 너머에 터널 같은 바늘귀
한 번에 실을 쑥 들이밀자
바늘귀 너머에 어머니가 앉아계셨다
돋보기안경조차 사치였던 엄마가
바늘귀 너머에서 빙그레 웃고 계셨다
바늘귀를 꿰다 만난 엄마 곁에서
이순이 다된 아들이 엄마가 되어 바느질을 하고 있었다

짱짱해진 샌들
아들은 여름 마당을 엄마처럼 걷고 또 걸었다

아버지의 창

햇살이 들면
등 굽은 아버지는 창문가에 자리를 잡으시곤
"이곳은 내 땅이다, 아무도 넘봐서는 안 될 내 왕국이다" 하셨습니다
남은 빵에는 침을 발라서 내 빵임을 시위하던 어릴 적 나처럼
아버지는 햇살 드는 창가를 차지하고 바짓가랑이에 묻은 톱밥을 뜯는 것이 전부였지만
그 땅에서 아버지는 편안한 얼굴로 낮잠을 부르곤 하셨습니다
잠들다 흘리신 것인지, 흘리다 잠든 것인지 알 수 없는 흔적
아버지는 그렇게 햇살 잔잔한 창가에서 팽팽하던 시절을 꽉 붙잡고 계셨습니다

햇살도, 창도 그대로인데
아버지의 창에는 아버지만 보이지 않습니다
그나마 다행인 건 아버지를 닮은 중년의 한 사내가
이따금 아버지의 창에서 낮잠을 자곤 하는 겁니다
잠들다 흘린 것인지, 흘리다 잠든 것인지는 알 수 없어도
그것이 침이 아니라 눈물이라는 것만 달라졌을 뿐
사내는 아버지의 창에서 아버지처럼 낮잠을 부르고 있습니다

쪽팔린 목사

카운터에서 목사라고 말하면 3,000원을 깎아주는 목욕탕
교회 주보를 보여주며 목사라고 말하면 15퍼센트를 깎아주는 뷔페식당
목욕탕은 쪽팔려서 못 가겠고
뷔페식당은 깎아준대도 비싸서 못 가겠고
말하는 게 쪽팔려서 안 가는 건지
쪽팔려서 말 안 한다는 것이 쪽팔린 건지
목사라면 깎아주는 곳이 있으니 감사하다고 해야 하는 건지
이것까지 쪽팔린다고 해야 할지

이방인

내 안에 이방인이 사는 걸
천천히 알아가는 시간
거울 속에서
사진 속에서
그가 문득 다가와
내가 너라며 일러주는 지금
그가 나임을 부정할 수 없어서 놀란 지금
그 안에 내가 있어서 당황한 순간
이제는 쥐지 말고 펼쳐야 한다는 이방인의 말에
귀 기울이는 저녁

다시 부는 바람

바람이 불지 않는다
수년 동안 이 땅엔 바람이 불지 않았다
더는 참아낼 수 없다는 듯
가슴에 붙어버린 젖가슴의 여인들도
한증막 같은 역사의 공간 앞에서
앞가슴을 헤쳐 놓고 바람을 기다린다
시선이 끝나는 곳
오 촉의 백열등 아래
이 시대에 내몰려 아픔을 몸으로 사는 여인들이
가랑이도 벌린 채 불지 않는 바람을 기다리며 앉아 있다

찐득찐득한 몸뚱아리는
기침 한번 속 터지게 하지 못하고
등골로 흐르는 땀은
얄팍한 심성으로 대지를 덮은 아스팔트 위에 뚝뚝 떨어진다
앞사람의 왜소한 어깨 너머로 강대상의 기름진 목사는
시대의 타락을 이야기하지만
어느새 타락은 그의 입으로부터 시작되고 있었다

바람이 불지 않는다

다시 부는 바람을 밥상처럼 기다리는 사람들이
바람보다 먼저 일어서지 않는 한
바람은 오늘도 불지 않을 것이다

땅 맴

주변은 작물들로 채워지는데
교회 땅만 빈 땅이어서 얼굴이 뜨겁고
빈 땅에 잡초만 무성하니 풀씨 날린다고 눈총만 가득이어서
노느니 염불한다고 땅만 뒤집어 놓았더니
옆 밭 할아버지가 게걸음으로 다가와 옥수수 씨앗 한 봉지 주고 가신다

눈치 반 따라 하는 재미 반인 농사가 두 해를 넘길 때쯤
큼큼하며 다가온 옆 밭 할아버지
인자 땅 맴을 조금 아는구먼 하시는데
칭찬에 하릴없이 온종일 밭에서 새색시처럼 서성이다
퇴근한 아내에게 달려가 낮일을 전했더니
배시시 낮달처럼 웃는다

내가 갈아놓은 밭뙈기에 지는 해 큼큼해도
옆 밭 할아버지 굽은 등으로 이랑을 안고 아직도 포복 중이시다

체리를 따며

저녁 햇살 속 체리는 행성이다
익은 행성은 별똥별이 되어 떨어지고
익어가는 별은 요란하지 않게 반짝인다
꽃이 핀 만큼 별이 된 체리는
열매도 꽃임을 알려주기 위해
스스로 반짝거린다

별 하나를 땄다
우수수 주변의 별들이 낙하한다

별 두 개를 땄다
별을 달고 있던 가지가 별의 무게만큼 하늘과 친해진다

별 한 움큼을 입에 물었다
별이 되어 한동안 서 있었다

내가 무섭다

예초기 날이 돈다
사람을 닮은 풀도
세상의 얼굴을 한 나뭇가지도
내 삶의 암 덩어리 같은 돌멩이마저도
짚단처럼 스러진다
문득 예초기가 되고 싶은 오후

이런 날

구름 있으면 쉬어가라 하고 싶은 날
마음 맑아 첫아이 볼과 같은 날
바람조차 햇살 같은 날
맑아서 눈 찡그리는 날
그냥 하늘만 올려다보는 날
이런 날

밥 짓는 냄새

50년 동안 26명의 목회자가 바뀐 교회의 목사를 만났습니다
26번째 목사로 10년 동안 있는 중이니
40년 동안 25명의 목회자가 오고 갔다는 산수
40을 25로 나눠 보았습니다
10년째 그 교회 목사님에게 물어보았습니다
오랫동안 있을 수 있는 비법은 무엇입니까?

젖을 떼고 밥을 먹였기 때문입니다

매일 먹은 밥이 젖이었다는 것을 40년 동안 몰랐던 사람들
밥이라고 하면서 젖을 준 목사들에게 눈을 부라리다가
교회마다 밥 짓는 냄새가 가득하길 눈 감습니다

수선화 성경책

마당에 심어 놓은 수선화가 성경책이란 걸 알았습니다

말 한마디 없으면서 사람들의 마음을 어찌나 당겨 놓는지
어제는 등 굽은 할머니 두 분을 자기 앞에 세워놓더니
오늘은 화장 짙은 아가씨들을 그리합니다

설득하지 않는데도 제 편 되게 하는 기운
가만히 있어도 쓰다듬게 하는 매력
얼굴 디밀어 향기 맡게 하는 최면은
바람 따라 흔들리는 나긋함 때문인지
구김 없어 편안한 얼굴일지
혼자 있어도 외롭지 않아 보이는 꿋꿋함일까요

수선화, 수선화는
주장하지 않아서
요란하지 않아서
무릎에 올려놓고 싶은 성경책인 것을 알았습니다

장마

한숨이 구름이라면
눈물은 비인 것을
한숨과 눈물이 모이면
장마가 되는 것을

인생 숙제

설과 추석에 만날 사람만 있으면
인생 숙제는 끝이라는 연속극 대사로
코를 훌쩍이는 나이
인생 숙제 때문에 버거워하던
내 지난 시간들이
파 하고 사라진 별밤

2부

봄비

어제까지도 겨울이라더니
비가 오시니 봄이라 한다
그래, 맞다 봄비
봄이 먼저인지
비가 먼저인지는 몰라도
그래, 그렇다 봄비

현상

봄꽃 피니 사람들이 이상하다
느려진 발걸음
화로처럼 달아오르는 눈
마음 흔들리는 오후

꽃이 지니

봄은 역행의 계절인지
꽃이 지니 잎이 나더라

꽃으로 시작한 봄은
바람만 잔뜩 넣고 사라지는 임의 뒷모습을 닮았다
꽃잎이 떨어진 그 자리에 연둣빛 비늘이 돋고
그제야 봄은 노모의 젖가슴처럼 차분해진다

봄은 역린의 계절인지
향기보다 꽃이 먼저 지더라

건들면 짓무를 것 같은 꽃잎을 초병 삼아
얼음 파편처럼 각이 진 사람들의 어깨에 앉아
꽃으로 시작한 봄은
꽃 진 자리에 생명들을 앉혀놓고 노래한다

아, 꽃이 지니 잎이 돋더라
잎이 돋으니 꽃이 지더라

나무를 심으며

봄비 내리는 오후
패딩 위로 떨어지는 빗방울로
난 어느새 피아노가 된다
건반은 밀짚모자까지 이어지고
곡괭이는 손을 자극해 트럼펫으로
삽은 발을 부추겨 드럼의 페달만큼 흥겹다
이젠 꽃 피면 교향악이 될 능수홍도화를 심자
드럼 페달로 봄 땅을 찢어
개똥 서너 개를 넣고 부드러운 흙을 채운 후
지휘봉 닮은 묘목 하나 꼿꼿이 세워서
첫 악장을 연주하자

봄비 내리는 오후

그대여

그대여 봄비 내린 후
새순 돋은 나무를 보세요
새순을 보지 말고 나무를 보세요
새순이 돋으면 보이지 않을 나무
내가 아는 그대여
나무를 보는 그대여

보리의 꿈

쪽파 거둔 땅 한 꼭지에서
보리가 익어간다
뿌린 이 없으니 선물임이 분명한데
보리가 익어가니 보리의 꿈도 익어가는 햇살 아래에서
보리밥이 뜸 들고
보리빵이 부풀고
보리된장이 삭고
보리피리를 부는 사내가 웃고 있다
보리도 꾸지 않는 꿈을 꾸는 날
차암 좋다

지난여름엔

사거리 횡단보도 끝
붕어빵과 오뎅을 파는 포장마차가 들어섰다
지난여름엔
뭐하며 사셨을까?

가을인가?

몸 뒤집을 틈 없이 내리는 비 사이로
깨금발로 다가오는 가을이 보입니다
빗방울끼리 부딪쳐 흩뿌리는 그 끝에
서릿발 같은 단도가 배어 있음을 알게 된 것도
가을이 오고 있음을 일러준 세작(細作) 때문입니다

엄마는 장롱 속 묵은 옷들을 꺼내어 널고
논으로 소풍 나온 참새를 보신 아버지는 아침부터 낫을 갈고
이불을 목까지 끌어당기는 할머니 손아귀에서
가을은 다윗 앞에 선 골리앗처럼 으스댑니다

아버지가 봄부터 차린 밥상 위에서 가을이 달그락대는 건
여름을 받아들고 달리는 다음 주자(走者)이기 때문입니다

증명

잎사귀 없어도
그 나무 아래에 서면
어떤 나무인 줄 아는 흐름
이처럼 안다는 건
나의 전부가 동원되었다는 것
무엇 아래이든 서 있을 힘이 있다는 것
오랫동안 지켜보고 있었음을 증명하는 것
내가 없어도 나인 줄 아는 사람이 그리워지는 순간

서두름

눈 때문에 같은 옷으로 갈아입은 세상에서
어젯밤 그대로인 건 급하게 서두르는 것들뿐이다

사람, 그 사람의 차
사람, 그 사람의 마음

마당의 배추도 하얗다
배추는 서두르지 않았음을 알려주었다
눈 내리는 소리를 들으며 잠들었다고 말해주었다

공부

사흘째
눈만 내리고
눈만 치우고

하늘 한번 보고
넉가래 한번 밀고
씩 웃는 것으로
반복이 전문가라는 말이
골지게 다가오는 순간

눈을 치운다는 건
없애는 것이 아니라
장소만 조금 바꿔놓는 것이라는 사실을
알게 된 저녁

어디 눈뿐이겠어?
안다는 것도
잘났다는 것도
있고 없다는 것도
장소만 조금 바뀐 것이라는 사실

하늘에서 땅으로 옮겨진 눈
마당에서 화단으로 끌고 간 눈
이것을 치웠다고 말하는 인간들

눈을 치운다는 건
자리만 바꿔놓고 거들먹거리는 내가 치워지는 공부

배추가 푸른 이유

배추가 푸른 건
심은 사람과
바라보는 사람들이
푸르기 때문이다

학교 종이 땡땡땡

청춘보다 더 푸른 배추 위로
솜털 같은 햇살이 앉은 시간
뒷짐 진 손을 풀고
배추 정수리를 꾹꾹 누르면
얼마나 잘 살려고 애썼는지가
손바닥에 살갑게 전해진다
급하게 손을 거둬 가슴에 얹으니
배추의 정수리와는 사뭇 달라서
후다닥 배추밭을 나왔다

배추밭은 오늘도 청춘이다
겸손하게 밤새 속을 키워온 배추가
스승이 되는 아침
배추밭에서 울리는 학교종이 땡땡땡

풀과 작물의 차이에 관하여

작물은 바라보기만 해도 웃음이 나고
풀은 바라보기만 해도 한숨이 난다

소낙비

투둑 투두둑
창밖은 다른 세계다
빗방울이 깨운 땅에서 먼지 냄새가 분처럼 일어났다
동행한 바람은 빗방울의 손목을 잡고 그림을 그리기 시작했다

그가 거기에 있을 줄은 몰랐다
눈동자에서 칼을 꺼내들고 수없이 찔러댔다
또 다른 그림을 와락 끌어안았더니
허공을 휘저은 두 팔 너머로 다른 그림들이 빨랫줄에서 흔들리고 있었다
빨래집게는 보이지도 않았다

창밖으로 나갔다
바람에 춤을 추던 칼들이 몸 구석구석에 그림을 그리기 시작했다
소낙비가 눈물이란 걸 알게 되는 순간
분 냄새가 비릿한 냄새로 바뀐 것도 알았다

하늘이 도와야 한다는 말

가뭄에 고추 낯빛은
막차 타고 귀가한 큰아들 얼굴

이른 새벽부터 시작된 빗소리에 서게 된 창가
이제 그만 오면 좋겠다며 나흘째 쳐다본 하늘

고추는 썩어가는데
김장 배추는 살판 나고

한 뙈기 빌어 고추와 배추를 심어놓은 할아버지의 넋두리
세상만사 하늘이 도와야 한다는 말에 고개가 끄덕여지고

고추 팔아 며느리 운동화나 사줘야겠다고 하시더니
하지 감자 판 돈 들어가게 생겼다며 헛헛하게 웃으신다

이마저도 하늘의 도움이란 말이 어찌나 실감나던지
짓무른 고추 앞에서 가물어 누렇게 뜬 고추를 생각하다
파릇한 배추는 또 언제쯤 타들어 갈는지
내가 심었어도 내가 키우는 것이 아니라는 할아버지 말이
성경을 뒤지다 만난 잠언서 같습니다

인생도 농사라면 하늘이 도와야 한다는 말과
하늘이 돕지 않으면 마른 인생이 된다는 말이
가뭄 고추와 짓무른 고추
짓무른 고추 곁에서 잎 넓혀가는 배추
고추 판 돈으로 사주려던 며느리 운동화
하지 감자 판 돈으로 사줘야 할 운동화 사이에서 팽팽합니다

3부

목포 엄마

아내의 엄마인 정찬애 님은
큰아이가 스물일곱이니
내게 28년 차 목포 엄마입니다

목포 엄마는 유달산 너머 지는 해를 92년 동안 보셨습니다
습자지로 된 하루 달력을 북 찢어 접은 엄마의 종이비행기가
벽에 거울에 문갑에 천장에 불시착하면
무덤처럼 침묵하던 이부자리를 깔고 벽 쪽으로 돌아누우십니다

자식 일곱 중 막내딸이 엄마 곁에서 가장 오래 살 거라는 점쟁이 말끝에
"아야, 그라믄 쓰것다" 하시며
얼굴엔 접시꽃이 환했었는데
지금은 안부 전화 한 통화로도 목이 메십니다
다음 날 새벽 기도는
점쟁이 말이 효험 있기를
바다에 빠진 해를 몇 해만 더 함께 보기를
발원하는 단문뿐입니다

산책

햇볕이 좋습니다
바람도 좋습니다
혼자인 것만 빼면 그렇습니다

산책은 걷는 것이 아니라
누군가와 함께하는 것임을 알았습니다

용서

세숫비누 한 조각
손바닥 안에서
잘못한 것 많으니 용서해 달라고 빌라 합니다

개가 좋은 이유

개가 그렇게 좋아?
누가 내게 물었다

개는 한결같아서 좋다고
말을 하려다
내가 한결같지 않아서 싫어하는 사람들도 있겠다고
문득 깨달았다

개가 그렇게 좋냐고 누가 또 물으면
한결같지 않은 나를 버리려고
개를 좋아한다고 하는 중이라고 말할 것이다

그냥 그랬다

비가 기다려졌다
젖을 각오도 필요했지만
젖는 것은 싫었다
그냥 우울한 하늘만 바라보다가
가슴에 비만 담았다

방 안에 병뚜껑만 돌아다녔다
병이 사라진 뚜껑에
젖기 싫다고 등 돌린 내가
고스란히 들어 있었다

우산을 집어 들었다
운동화 대신 슬리퍼를 신었다
마당엔 햇살만 가득했다
슬리퍼를 발가락 사이에 끼워서 멀리 던져버렸다

우산이 양산이 된 날
비가 다시 기다려졌다

타인

게거품 물 듯
이빨을 닦는 아침
거울에 비친 모습 안에 내가 없다

양치 거품만큼 분노를 물고
사정없이 흔들어대는 손에는 폭력이 묻어난다
목젖 깊숙이 들이미는 칫솔은 칼끝이 되어
칵 하고 과거의 흔적들을 뱉게 한다

이빨을 닦는 모습 안에 나는 없다
세상은 온통 타인뿐이다

모과로부터

푸른 모과가 떨어져 뒹구는 마당
향기가 없는 건 푸르기 때문이라고 단정 짓고는
푸르지 않은 팔뚝을 들어 코에 대봅니다
오래되었다고 익은 것이 아니라는 사실과
익지 않은 건 향기가 없다는 것을 배우고
떨어져 뒹굴던 푸른 모과를 책상 모퉁이에 두었습니다
기다리면 향이 날까 잘 보이는 곳에 두었지만
책상에 코 박고 썩어가는 중입니다.

선생님

감꽃이 많이 피었다
잊저녁 산책길 가로등 밑에서 보았다

감꽃이 많이 떨어졌다
아침 산책길 아스팔트 위에서 보았다

꽃도 꽃이고 감도 꽃으로 보이는 감나무는
꽃을 떨궈야 감이 꽃이 됨을 가르치는 선생님이었다

물티슈

물티슈로 내 30대 액자를 닦는 아침
지금의 내 얼굴을
사진 속 얼굴처럼 닦아주는 물티슈는 없을까?

물감

개를 가둬둔 울타리 안에 날아든 새 한 무리가 봄볕에 그림자처럼 누운 개들 사이로 빌레를 선보이며 밥그릇을 넘본다 개 한 마리 울타리 밖을 보는지 울타리를 넘어온 새를 보는지 알 수 없는 초승달 눈으로 가불대다 꼬리만 한두 번 타닥인다 봄바람 한 줌이 스쳐간 끝자리에 꽃사과 꽃잎들은 첫눈처럼 날리고 누워 잠든 개의 이불 호청이 된 꽃잎들이 향기롭다 봄볕에 개는 잠들고 봄바람은 꽃잎들에게 여행을 떠나라 하고 꽃잎은 개가 누운 바닥에 그림을 그리는 물감이 되었다

도둑놈

오가는 차들이 복숭아처럼 보이는 곳에 자리한 산속 약수터
쪼록 쪼로록 떨어지는 물방울 소리에
박새 한 마리 목 축이러 왔다가
무명인에 놀라 날갯짓하는 저녁
통성명한 적 없으면서도 거들먹거리는 이방인
산속까지 들어와서 새의 물을 훔쳐가는 도둑놈

첫사랑

술을 마시다 화장실 간 친구의 전화기가 울었다
전화기 창에 뜬 건 내 첫사랑의 이름이었다
한동안 울고 나서 문자가 왔다
"뭐해?"
네 첫사랑과 술 마신다고 문자 했더니 답장이 없다
"생각은 나냐?" 재차 물었더니
밖에서 보고 갔다는 문자가 왔다
고개를 창문 쪽으로 돌렸다
창밖에는 놀란 눈을 한 사내만 서 있었다
화장실 간 친구는 그때까지 돌아오지 않았다

횡단보도에서

횡단보도에 서있는 여인 중에 유독 환한 여인이 보인다
건너편의 남자도 그녀만큼 그렇다
사랑하는 이들에게 횡단보도란
건너야 할 길이 아니라
만남을 이어주는 다리라는 걸 그때 알았다

횡단보도 밑으로 강물이 흐르고 있었다

입원실 풍경

환자의 성별은 관계없이
입원실은 언제나 여성들만의 공간

83세 재순 할머니 곁엔
두 딸만이 온종일 보초를 서도
병실은 며칠 만에 딱 한 번 들른 아들 때문에
엄마라는 환자가 쏟아내는 소리들로 호들갑스럽고
딸 앞에서의 신음소리는 아들 앞에서 어리광이 된다

딸이 입원하면 엄마
엄마가 입원하면 딸
부인이 입원하면 여자 간병인
아내 입원실에 남자인 나만이 낯설다
하늘의 절반이 남성인데
입원실엔 여성들만 가득하다

내 입에 다금바리

평생을 어부로 살았다는 제주 어부 고 씨
서슬 퍼렇게 달려드는 바다에서 다금바리를 주로 잡는 고 씨는
30년 만에 처음으로 다금바리를 입에 넣고 씹었다고 갈매기처
럼 웃어댔다

정말 처음 드셔 본 다금바리 회라고요?
직접 잡으시는데도 그럴 수가 있나요?

돈이니까 그랬지
돈도 큰돈이었으니까 그랬지
.
.
.
통발 얼레처럼 돌아가는 카메라 앞에서
고 씨는 그날 잡은 다금바리 여섯 중에서 가장 작은 아가미에
칼을 들이밀었다
회 한 점 집어 들어 아내의 입에 찔러 넣으니
금방 부용꽃이 된 아내를 실은 배는
파도를 북처럼 두드리며 다음 그물로 내달리자

제주 앞바다에는 주름 가득한 꽃 두 송이가
포말 속에서 환하게 피어나고 있었다

다금바리가 꽃이 되는 제주 바다에서
어부 고 씨는 오늘도 그물을 던져 꽃을 건져 올린다

형진 형

변산 가는 길
성급한 날씨 덕에 나무 그늘에 앉아 목사 네댓이 설을 풀고 있는데
갑자기 모항에 사는 박형진 시인이 생각났습니다
전화를 걸어도 받질 않으니
집 앞 고추밭에 앉아 풀이나 뽑을 겁니다
목마른 놈 샘 판다고
내소사 허리 길을 둘러 찾은 집 앞 밭에서
눈동자만 하얀 얼굴로 파도처럼 웃는 그를 보았습니다

몇 순배 돈 막걸리 잔이 밋밋했던지
이 목사님, 시방 몇 살이요? 하고 묻습니다
그럼 동상이구먼, 이자부터 말 놓네 하며 푹 들어와 놓고서
부러워하던 목사 동상 두었으니
오늘은 한참 마셔도 안 취하것는디 하는 겁니다

이렇게 얻은 형진 형이 며칠 전 시집 한 권을 보내왔습니다
"콩밭에서- 가난한 농사꾼의 노래"
제목보다 부제가 더 재미집니다

가난한 농사꾼을 형으로 둔 목사여서 더 가난해야겠습니다

금화식당 아저씨 1

금화식당 아저씨는 무척 바쁘다 텔레비전에서 나오는 애국가 소리에 맞춰 담배 한 대를 물고 식당 앞을 쓴다 새벽의 교회 계단을 두 개쯤 밟고 내려오면 그의 일은 시작된다 한 모금 깊게 빤 담뱃불로 드러난 금화식당 아저씨의 선명한 얼굴에서 하루를 잘 살아야 한다는 비장함이 묻어난다

금화식당 아저씨는 무척 바쁘다 9시 30분이면 오토바이 시동 소리에 철가방이 덜컹대고 아침 햇살에 알루미늄 배달통은 손거울처럼 지나간다

십여 분 후 오토바이에 기댄 아저씨의 손가락 사이에서 연기가 인다 시작이 잘 되었다는 아저씨만의 암호이다

금화식당 아저씨는 무척 바쁘다. 전봇대 그림자가 길어질 때쯤 또 한 대의 담배를 피우면서 오가는 차 안의 사람들까지 들여다볼 것 같은 표정으로 연기를 목 깊게 빨아들이는 건 하루의 반을 잘 끝냈다며 자기에게 던지는 최면이다

금화식당 아저씨는 오늘도 참 바빴다

금화식당 아저씨 2

큰 우산 쓴 사람 사이로 철가방을 든 금화식당 아저씨가 보입니다
한 손에 등산용 지팡이가 들려진 것이 몇 달 전과 다른 모습이지만 아저씨는 오늘도 변함없이 오토바이를 타고 비 내리는 거리를 달립니다
배달 중 사고로 한쪽 다리가 조금 짧아진 것과 담배 피우는 횟수가 늘었을 뿐 빠졌다 들이치는 파도처럼 아저씨의 배달은 계속됩니다

식당 맞은편 십자가 없는 교회당 등받이 높은 의자에 기대어 유리창 틈 사이로 아저씨를 훔쳐보는 이에게 아저씨는 연예인이며 라이더이고 담배회사 광고모델입니다
사고 나지 않길 배달통이 돈 통 되길 담뱃값 오르지 않길 기도하는 그 사람은 금화식당 아저씨의 숨겨진 팬입니다

보랏빛 우산 사이로 금화식당 아저씨의 오토바이가 보입니다
'가정식 백반' 배달통에 쓰인 글씨가 아저씨의 담배 연기에 묻힐 때면 내 시선은 기도가 되고 아저씨는 오토바이 안장에 앉아 배달통을 툭툭 치는 것으로 주문의 최면을 걸곤 합니다

금화식당 아저씨는 문틈으로 내다보이는 세상 속 주인공이 분명합니다

4월에 따르는 꽃술 한 잔

4월하고도 7일이 지난 아침에 훠어이 훠어이
명자나무꽃 짙붉은 얼굴 위로
세찬 바람에 흩날리는 눈
누구의 눈물인지
어떤 한숨이 바람으로 변했을지 궁금하지는 않다
하늘과 땅과 바람과 제주의 거센 파도가 알지니
세 치 혀로 까불대는 세인들의 말 무덤은 필요 없을 터

꽃이 봄에만 피는 것이 아니라면
눈도 겨울에만 내리는 것은 아니리라
눈물이 눈이 되고
한숨이 거센 바람이 된 4월 어느 날
명자나무의 붉은 꽃잎 위 4월에 춤추는 눈에서
관 없는 시신들의 빛나는 눈과
길게 혀를 뺀 채 침묵하는 파란 얼굴들을 보았고
칠십이 넘었어도 젖을 빨고 있다고 말해달라는 갓난이도 보았다

바람 그치고 해가 뜨니 명자꽃은 더욱 짙붉은데
눈발로 왔다가 햇살로 애원하고

바람으로 말하다가 꽃으로 침묵하던 70년 전 제주사람들에게
꽉 쥐어 펴지지 않는 손으로 꽃술 한 잔 따르려니
무릎이 굽혀지지 않아 눈물만 따릅니다

눈물

5월의 어느 날
텔레비전 프로그램에서
엄마에 관한 노래를 부르는 가수와
엄마에 관한 노래를 듣는 방청객들이 운다

부르는 사람과 듣는 사람은 다르지만
같이 운다는 건
엄마가 눈물이란 걸 알게 해주었어

눈물이라고 쓰고 엄마라고 읽거나
엄마라고 쓰고 눈물이라 읽히는 건
엄마뿐이란 걸 그때 알았지

4부

간자(間者)

똥은
내가 어제 먹은 것을 다 알고 있었다

상식

똥은
정직하다
많이 먹으면 커지고
적게 먹으면 작아진다

냉수

똥은
친구라
매일 만나도 시원하다

정직

엊저녁에 막창과 닭똥집 튀김을 먹었더니
똥 색깔이 거무튀튀하고
냄새가 고약하다
늘 거침없는 똥
간밤 무얼 먹었는지 까발리는 똥
아무리 숨어서 먹었어도
골라 먹었어도
품위 있게 먹었어도
처절하게 먹었어도
먹은 것만을 말해주는 똥

똥 때문이라도 제대로 살아야겠다고 다짐하는 아침

등기부 등본

인적이 미치지 않는 곳에서 발견한 똥
내 똥 아니니 산 주인의 똥
여기는 내 땅이라는 등기부 등본
이방인의 침입을 제한하는 바리케이드
똥 때문에 경건해지는 산길

체중계

일수를 찍듯 아침이면 화장실 앞에 둔 체중계에 오른다
간밤 시신처럼 있던 육신에 불을 지피는 거룩한 의식이다
체중계 바늘만큼 용서의 무게로 살겠다고 다짐하면서 똥을 누고는
다시 체중계에 오른다
체중계의 바늘은 버린 만큼 행복해진다는 성경 말씀을 가리키는 탓에
온갖 똥 닮은 것들에게 힘을 준다

변비

1

똥이 나오지 않았다
책 대신에
스마트폰을 들고
변기에 앉았기 때문이다

2

똥은 마려운데 항문이 열리지 않으니
열심히 공부해도 성적이 오르지 않는다던 친구와
그런 게 어딨냐며 핀잔하던 나도 기억났다
사랑한다고 말했는데 다른 사람을 마음에 두고 있는 여인처럼
나쁜 인간인 줄 알면서도 힘없어서 침묵했던 순간처럼
똥마저 시원하게 누지 못하니
온통 변비 같은 세상에 살고 있다는 생각에
술만 술술 넘어 간다

책 책 책

화장실에서 책장 대신
화면을 넘기는 동작의 시대에 살면서
화면만 넘기다가 물을 내렸다
변기가 책 책 책 하며 비명을 질렀다

채찍

밑을 닦으려고
엉덩이를 들고 몸을 숙였는데
변기 뚜껑이 찰싹하고 엉덩이를 칠 때가 있다면
똥 말고 똥 누는 인간이 되라는 채찍입니다

계시

지가 싼 똥 꼭 쳐다보시죠?
인간이라는 증거입니다

아침 똥이 성산일출봉을 닮았다면
하루를 기분 좋게 시작하라는 계시입니다

놈, 놈, 놈

똥을 누는데
거미란 놈이 슬금슬금 벽을 타고 내려와
볼록렌즈를 들이밀고 찬찬히 쳐다본다.

저놈, 저 무식한 놈

귀한 목숨 그 가는 줄에 매달고
고작 남의 속 것을 들여다보는
저놈, 저 못된 놈

문득, 아들

시집 한 권을 들고 변기에 앉았다
시가 끝니며 배변도 끝났는데
화장지가 보이지 않는다

아들, 아들아!
두 번 만에 답이 왔다

화장지!
이보다 명료한 주문이 또 있을까
문득, 아들이 아내 같았다

5부

합체(合體)

땀방울이 코끝에서 떨어질 때쯤
산의 일부가 되어
힘줄 드러낸 소나무에 기대어 하늘을 보았다
발소리조차 소음이 되는 순간
진달래는 벌겋게 달아올랐다

바람이 전하는 말

모악산 매봉길 능선에 서면
금산사 천년의 염원을
바닥부터 다지고 오르는
찬바람을 맞게 된다
코끝에선 숨 쉬라 하고
귓가에선 들으라 하고
입가를 치며 침묵하라 말하는 바람
매봉길, 연분암길, 금선암길
금곡사길, 비단길, 계곡길로
바람은 갈가리 흩어지지만
산길을 걷는 이는
아직도 길에 서서 역사의 바람을 맞고 있다

벙어리 산

천왕봉에 오르면
사람들은 입에 재갈을 문 듯 침묵한다
헉헉대며 오른 건
세상을 게워내려는 몸부림이었기에
그곳에 서면 벙어리가 된다는 걸
거기에 서고 나서야 알게 되었다

운장산의 꽃

운장산 꼭대기에 별꽃이 피기 시작했다
이둠을 끌어 덮은 운장산은
감춰두었던 꽃들을 하나둘 끄집어내었다
산이 꽃밭이 되었을 때
산 밑에서 어슬렁거리던 사내가 꽃밭 속으로 들어갔다

천룡사에서

천룡사로 물 뜨러 가는 길
가쁜 숨 가운데로
겨울이 훅 들어왔다
시선 아래는
짓이겨진 은행잎들이 들어앉고
올려다보면 몸을 비워 근육 진 나무들만 덩그렇다
348개의 계단으로 된 인연의 무게들을 벗고 나면
외로운 낙수가 목탁을 두드리는 곳에 천룡사가 있다
한 방울의 물은 어느새 등짐이 되어야 할 세상의 무게
이게 삶이라 수긍하니
산 아래에 햇볕이 든다

사랑 길

갑사에서 동학사로 넘는 길은
사랑 냄새가 진동하던 길이라고 누군가 말했다
그때는 솜사탕 길이었는데
지금은 달구지 같은 마음으로 걷고 있다고도 했다

추억은 잊혀진 사랑을 들쑤셔도
산은 그저 잠잠하라
땀도 닦지 말고 숨도 크게 쉬지 말라 하며
추억도 자기의 일부이니
그저 묵묵히 걸으라 한다

그래서 산길은
사랑했던 사람들
사랑하는 사람들
사랑해야 할 사람들이 걷는 사랑 길이다

외뿔고래(鯨角)산에서

사람의 흔적을 덮은 떡갈나무 잎은 경건한 나침반이다

내장과 허파 곳곳에 박힌 역심의 찌꺼기들을 토해내라는 듯 숨을 몰아쉬게 하는 산은
똥구멍을 치근대는 봄물에 떠밀려 나온 얼굴들로 수줍게 반짝이고
엄마의 밥상만큼 차분한 봄별 끝자리에
겨울 이야기들이 녹아가는 외뿔고래산은
그곳을 오르는 이방인에게 옆구리를 내어주며
사람마저 벗으라고 재촉한다

산이 아니었다

산이어서 갔는데 산이 아니었다
산 때문이 아니라 산에 있는 사람들 때문이었다

산에서 벌이는 병원놀이
재테크 비법을 전하는 은행놀이
온갖 뉴스가 오고가는 방송국놀이
앞서고 뒤서는 이들이 선전하는 홈쇼핑놀이
트로트가 돌림노래가 되는 노래방놀이

산인 줄 알았는데 세상이었다
산이어서 갔는데 산 아래 세상이었다

우중산행(雨中山行)

몸은 땀으로 젖고
발은 비에 젖고
눈은 초록에 젖는 산길

분실

산에 올랐어
길을 잃었어
흔적이 사라진 산길은
인생길이 되고 말았어
처음엔
앞선 자의 발길을 찾으려고 했지만
이내
내가 누군가의 흔적이 되고 말았어
그랬지
산을 오르려고 했었지
생각이 거기에 이르자
조금씩 천천히 위로 향했어
간혹
옆으로도 가야 했지만
몸은 시선이 향하는 쪽으로만 반응하고
멈춰 긴 숨 쉴 때만
온 길을 돌아보았어
그러면 언제나 그곳에 있었다는 표정으로
잃은 건 길이 아니라 바로 너라며 웃고 있었어
그곳엔 길과 길을 잃은 사내만 있었어

산 같다

산에 사람이 없으니 산 같다
산이 산 같으니
나도 산 같다

다시 산

산은 인적이 끊기면
동정녀가 된다

산은 다시 동정을 버리고 우릴 품으며
산이 되라 한다

산은 다시
모두에게 메시아를 내준 마리아가 된다

고백

산이 된 나를 벗고 간다
산 아래에서 날 기다리는
산보다 더 산 같은
여인에게로 나는 간다

물 뜨러 가는 길

11월의 산은 고개를 숙여 걸으라 한다
나무에 달린 별들이 땅에 내렸기 때문이니
별을 밟을까 조심하라 한다

등산 스틱 끝으로 은행별이 묻어난다
떡갈나무별이 올라오고
은행이 별똥별이 되어 뒹구는 산길
깊은 숨 끝에서
내가 아는 이름들이
별을 떨군 나무들 가지 위에서 깜박거린다

다섯 시 햇살

햇살이 죽었다
숨이 끊어진 것만 죽은 것이라면
세상은 아직도 팽팽 돌아가는
오후 다섯 시 건만
햇살은 확실히 죽었다

죽은 햇살 대신
웃음을 피워내는 풀잎과 잎사귀들은
긴 밤을 준비하다가 새벽의 눈물을 마시고는
다시 살아나 내일의 햇살에 맞서 싸울 것이다

정오의 햇살처럼 꼿꼿하던 것들이
오후 다섯 시 햇살처럼 푸석푸석해질 때쯤
80년 오월의 어느 날 함성과
2016년 10월 말 광장의 촛불을 불러모았다

오후 다섯 시 햇살
가진 자는 무너지고 빼앗긴 자들은 새날을 준비하는 때
나도 억눌린 오수(午睡)에서 깨어
호미를 잡고 밭으로 나간다

오후 다섯 시 햇살
사람으로 살아보려는 사람들이 일수를 찍는 시간이다

산수화

성큼성큼 걸어옵니다

흰 멥쌀 가득 불려 떡 방앗간으로 향하는 친구 엄마들의 뒷모습
과수원 하던 동네 형 집 찬장 위에 줄지어 있던 과실주 항아리들
그들 틈에 살포시 들어앉은 내 짝꿍 볼 빛 진달래주
동네 제일 높은 곳에서 마을을 내려다보던 예배당
예수님 목소리마냥 울어대던 교회 종소리

마음속 산수화가 지워진 지 오래인데도
세월이 약이라는 유행가 가사가 식상한 나이인데도
색만 바뀔 뿐 지워지지 않는 그림으로 성큼 성큼한 추억

복숭아꽃 선홍빛 울타리
살구꽃 짙게 칠해진 담벼락
방앗간 가래떡
배꽃 닮아 희고 흰 예배당이
한낮의 쪽잠조차 인정한 어릴 적 산수화라며
귀밑머리 희끗한 사람에게로 성큼성큼 걸어옵니다

잠깐 1

이른 아침 배추밭에 나가서
물조리개 끝에 달린
무지개를 보았습니다

조리개의 물을 입으로 받아
아침 해를 향해 힘차게 뿜으면
분무 안에 담겨 그려지는 이야기들
사랑 하나 얼굴 둘, 미움 셋 얼굴 넷

숨보다 급히 흩어지더라도
조리개 물로 만난 행복
잠깐만 가지고도 하루가 거뜬합니다

잠깐 2

"가을에 풀을 뽑아줘야 혀
가을 잡초가 봄의 잡풀이 되는 게야"
일흔셋 할머니가 숙인 허리를 펴고 한 말씀인데
허리를 폈어도 키는 여전하다
땅과 가까워질수록 지혜가 많아지는 것일까?
이런 생각이 잠깐 들어왔다가 금방 나갔다

땅과 나이가 학문이란 걸 알려준 할머니 저만치 가시는데
흙먼지 일어 할머니를 잠깐 호위하다가
이렇게 말하며 땅으로 돌아갔다

"가을도 잠깐이야!"

아내한테 바치는 헌사

유채림(소설가)

안녕리 마을은 음전한 곳이었다. 단층의 기와집들 사이로 돌담길은 정겨웠다. 한여름엔 능소화가 흐드러지게 피어나고, 능소화 지고 나면 코스모스가 피어났다. 마을 앞 들판은 서서히 익어갔다. 그맘때 돌담길은 노란 은행잎으로 난분분했다. 그 돌담길 끄트머리에 그리운 기역자 집이 있었다. 녹슨 철 대문을 밀고 들어서면 넓은 마당이 나왔다. 마당 한가운데엔 수도꼭지가 있어, 빨래든 설거지든 웬만한 부엌일은 그곳에서 할 수 있었다. 남향의 안채는 50대 아주머니와 여고생 딸이 살았고, 서향의 바깥채는 월세를 놓았다.

대학 시절, 서향의 바깥채에서 우리는 살았다. 복학생인 이기봉과 대두, 내가 뒤엉켜 지냈다. 방은 아주 비좁았다. 짐이라고는 책상 하나, 철제 책꽂이 하나가 전부였는데도 셋이 다리 펴고 누우면 방안이 꽉 찼다. 부엌은 방보다 더욱 조악했다. 수도가 없는 부엌이기에 개수대가 없는 건 당연했다. 부엌세간이라고는 석유곤로 하나, 구석에 연탄 수십 장이 쌓여 있는 게 전부였다. 그런데도 누군가가 라면이라도 끓이노라면 둘은 못 들어갈 정도로 좁았다. 우리는 그 서향의 바깥채에서 월세 이만 원을 내고 살았다. 학교까지는 걸어서 삼십 분 거리였다.

학교 앞에 방이 없는 건 아니었다. 우리가 만족할 만한 방이 없을 뿐이었다. 집집마다 서너 개씩 방을 만들어놓고 학생들을 받았기에 학교 앞은 늘 번잡하고 시끄러웠다. 우리는 신산스러운 벗들로부터 벗어나 개인적 사색을 즐기고 싶었다. 비록 등하굣길이 만만찮은 거리였으나 안녕리의 음전함이 우리를 충분히 매료시킨 거였다.

우리는 그 안녕리에서 두 학기를 버텨냈다. 버텨내다니? 언뜻 안녕리 생활을 두고 쉽게 식상한 것처럼 보일 수도 있겠다. 하지만 그럴 리

야? 우리는 공간을 택할 수 있었으되 시대를 택할 권리는 없었다. 우리의 시대는 잔인하고 야비하고 비열했다. 살인마 전두환이 영구집권을 획책하던 때였다. 교정은 늘 최루가스로 매캐했다. 최루탄에 맞아 누군가는 실명하고, 누군가는 끌려가고, 누군가는 수배 중이었다. 우리 앞에 저항의 길 말고는 다른 길이 없는 것처럼 보였다. 그런 시절이었다.

그러니 안녕리의 삶인들 그윽하고 안온할 리 있었겠는가. 하지만 안녕리였기에 가혹한 시절을 견뎌낼 수 있었음을 고백하지 않을 수 없다. 안녕리의 시간이 우리에겐 여백이었기에 그랬다. 혹독하고 치열한 시간 속에서 빠져나와 숨 돌릴 여유를 준 곳이 안녕리였다는 얘기다. 만약 학교 앞이었다면 어땠을까? 매캐한 최루가스와 붉은 화염병 말고 다른 무엇을 떠올릴 수 있었겠는가.

수십 년이 지난 오늘에 와서도 안녕리는 돌아가고픈 곳으로 남아 있다. 시위가 없는 날, 수업을 마치고 안녕리 자취방으로 향하던 길은 여태도 또렷하다. 멀리 보통리저수지 너머로 해가 넘어갈 무렵, 노을은 그렇게 붉을 수 없었다. 다가갈 수 없는 노을을 따라 걷는 동안, 아무것도 아닌 것에 대한 슬픔이 밀려와 가슴이 먹먹해지고는 했다. 미래에 대한 막막함이거나, 미래에 대한 두려움 때문이거나, 혹은 현재의 쓰라림 때문이었겠다.

물보라

초여름, 밤이 되면 그 안녕리에서 우리는 번갈아가며 부엌을 드나들었다. 부엌은 수도가 없고 개수대도 없었으나 용케 하수구 구멍은 있었다. 낮에 흘린 땀을 씻느라 우리는 양동이에 물을 받아 그 부엌으로 들어가고는 했다. 몇 바가지의 물을 끼얹은 뒤에야 상쾌한 기분으로 밤을 보낼 수 있었다. 대두는 책상에 앉아 과제물 정리를 하고, 이기봉은 책상 대용인 두리반을 펴놓고 앉아 히브리어 공부를 했다. 배를 깔고 엎드린 나는 주로 소설을 읽었다. 자세로 보아 쉽게 곯아떨어지는 건 나였고, 다음이 이기봉, 마지막이 대두였을 것이다. 물론 책 보는 분위기가 다였다면 우리 중에 학과 수석을 넘어 전교 수석인들 안 나왔을까. 어차피 나야 성적과 상관없는 인생이었다. 온갖 고뇌를 짊어진 듯 보이는 게 나였고, 실은 아무것도 아닌 서글픔으로 사는 게 나였다. 이기봉과 대두? 실인즉 그들인들 별 수 있었겠나. 그들한테서도 장학금 받았다는 얘기를 들어본 바 없다. 젠장, 어쨌든 나보다야 월등했겠지.

여하튼 쏟아지는 별들을 넋 놓고 바라보는 서정적인 밤 또한 우리의 밤이었다. 그런 밤이면 어울리는 게 뭐였을까. 삼겹살은 가난한 자취생들 형편에 어울리지 않았다. 활명수만 마셔도 취하는 내게 소주 역시 가당찮았다. 그런 밤 이기봉은 종종 기타를 들었다. 운동가요 말고는 흥얼거릴 수 있는 게 거의 없던 나와 달리 이기봉은 탁월했다. 그는 아는 노래의 폭부터 차원이 달랐다. 뿐만 아니라 대학 합창단 지휘를 한데서도 알 수 있듯 대단한 실력자였다. 그러니 안채에서조차 시끄럽다는 소리 한번 없을 만큼 그의 노래는 빼어났다. 그는 기타를 잡으면 서너 곡 정도는 가볍게 불렀다.

그의 노래가 여태도 감미롭게 귓가에 떠돌고는 한다. 특히 최진희의 '물보라'가 그랬다.

그의 노래

대학을 졸업하고 우리는 흩어졌다. 이기봉과 대두는 뜻한 대로 들어선 길이었는지는 몰라도 목회자의 길로 들어섰다. 대두는 일산을 거쳐 서울에서 자리를 잡았고, 이기봉은 뜻밖에도 남들이 부러워할 만한 자리를 대두에게 넘기고 작은 민중교회를 거쳐 홀연히 목포로 내려갔다. 어떻게든 서울에 붙어 있겠다고 발버둥 치던 시절에 이기봉은 굳이 좁은 길을 택한 것으로 보였다. 당연히 보기에 좋았다.

느닷없이 이기봉한테서 전화가 온 건 불과 얼마 전이다. 목회에만 심혈을 기울이고 있는 줄 알았더니 틈틈이 써온 시를 출판할 계획이니 발문을 부탁한다고 말했다. 나는 흔쾌히 수락했다. 그의 시를 본다는 것, 그것 자체로 흥미로웠다. 나아가 그와 나의 아주 다른 삶이 드디어 서로의 깊이를 더해주는 계기가 될 거라고 믿어 의심치 않았다.

그리하여 보내준 시편들을 읽었다. 기뻤을까? 흥분을 감추지 못했을까? 아, 나는 우울했다. 그의 시편들 행간에 담긴 것들이 무척 답답하면서도 아픔으로 다가왔다. 그러니 가벼이 읽을 수 없었다.

사거리 횡단보도 끝
붕어빵과 오뎅을 파는 포장마차가 들어섰다
지난여름엔
뭐하며 사셨을까? <지난여름엔> 전문

배추가 푸른 건
심은 사람과
바라보는 사람들이
푸르기 때문이다 <배추가 푸른 이유> 전문

그는 왜 포장마차 속으로 들어가지 않았을까. 붕어빵을 사면서 지난 여름까진 뭐하셨느냐고 왜 묻지 않았을까. 연민을 능가하는 건 궁금증이다. 궁금증을 능가하는 건 행동이다. 하면 그는 당연히 포장마차 속으로 들어가는 행동을 보여야 하는 거였다. 못 들어갈 이유가 있었다면 그냥 지나쳐 간들 무엇이 문제란 말인가. 행동하지 않는 연민은 자칫 마음의 짐으로 남을 뿐이다. 오지랖 넓다는 힐난이 괜히 나왔을까.

이는 본질과 현상이라는 철학의 근본문제이기도 하다. 보이는 현상만으로 과거와 현재를 유추해낼 때 어떤 위험에 노출될 수 있다는 건 아무리 강조해도 지나치지 않다. 그 위험한 시적 상상력의 결과는 <배추가 푸른 이유>에서도 그대로 드러난다. 땅을 갈고 씨를 뿌린 노동에 대한 이기봉의 시선은 각별하다. 오죽하면 심고 가꾼 농민의 수고에 대한 찬사로 푸른 사람이라는 상찬을 올렸을까. 하지만 씨 뿌리고 가꾼 농민이라고 해서 모두 도매금으로 푸른 사람이라는 찬사를 받을 수는 없는 일이다. 하물며 바라보는 사람들까지 푸르다면 십분 양보해도 이는 지나치다. 나만 해도 그렇다. 푸른 배추를 봤기로서니 내가 왜 푸르단 말인가. 나는 푸르지 않다. 나는 몸도 마음도 지독히 늙은 데다 인색하고 성정마저 더럽다. 푸른 배추를 바라보는 현상만으로 다들 푸를 거라는 믿음은 일반화의 오류일 뿐이다.

그런데도 그가 <지난여름엔>이나 <배추가 푸른 이유>를 쓴 데는 그만한 이유가 있겠다. 그는 30여 년 동안 성직자로 살아왔다. 타인의 시선 속에서 살아오는 동안 그는 늘 모범적인 길을 지향할 수밖에 없었을지도 모른다. 말은 부드러워지고 모든 행동은 은근히 조심스러워졌을 게 아닌가. 날것을 경계하고 자기검열에 꽤 많은 공을 들이지 않았을까. 그의 다른 시편들 속에서 그런 면을 엿보는 건 별로 어렵지 않다. 실은 그 점이 나를 우울하고 서글픈 감정에 휩싸이게 한다. 하긴 그랬기에 나는 나의 벗들과는 다른 길을 택했던 거다. 그의 또 다른 시를 보자.

부엌 창문을 열더니 아내가 웃었다
포장지도 없이 달랑 꽃대를 드러낸 프리지어 열 송이가
아내 손에서 아내처럼 웃고 있었다

투박한 손을 가진 초로의 남자가
도둑 걸음으로 창문에 놓고 간 프리지어 앞에서
아내는 정말 행복하게 웃었다

선물은 주는 사람의 마음이라는 것
환하게 웃는 건 선물한 사람의 마음을 읽었다는 것

아내는 환하게 웃는데 난 자꾸만 눈물이 났다 <아내가 웃었다> 전문

그는 창문에 프리지아 열 송이를 올려놓았다. 아내에게 주는 선물이다. 나라면 분명, 이거 받아, 선물이야, 하고 잔뜩 폼을 잡았을 텐데, 표현키 어려운 미안함 때문이었을까? 그는 그러지 않았다. 꽃을 발견한 아내는 환하게 웃었다. 행복해서 웃었다. 그런데 이상도 하지, 아내의 환한 웃음에 그는 자꾸만 눈물이 난다.

그는 가난한 목회자다. 대학을 다니면서는 의정부 기지촌 부근에서 거기 사람들과 얼마간 지내더니, 졸업을 앞두고는 서울의 큰 교회에서 일을 시작했다. 하지만 1년 만에 그곳 생활을 접고 지역사회학교, 세칭 야학이라는 곳에서 노동청년들과 뒹굴며 함께 놀았다. 그리고 그는 서울 생활을 뒤로하고 훌쩍 목포로 떠났다. 청춘에 냉온탕을 거치더니 그는 서울을 벗어나버렸다. 시쳇말로 잘나가는 것에 도무지 관심이 없었다. 그러니 그는 가난한 목회자다. 그게 그의 정체성이다. 그 처지에 아내한테 번듯한 무언가를 해줬을 리 있겠나? 그런 그의 아내는 교사다. 처녀 때 교사였는데 지금도 교사다.

평생을 어부로 살았다는 제주 어부 고 씨
서슬 퍼렇게 달려드는 바다에서 다금바리를 주로 잡는 고 씨는
30년 만에 처음으로 다금바리를 넣고 씹었다고 갈매기처럼 웃어댔다

정말 처음 드셔본 다금바리 회라고요?
직접 잡으시는데도 그럴 수가 있나요?

돈이니까 그랬지
돈도 큰돈이었으니까 그랬지

통발 얼레처럼 돌아가는 카메라 앞에서
고 씨는 그날 잡은 다금바리 여섯 중에서 가장 작은 아가미에 칼을 들이밀었다
회 한 점 집어 들고 아내의 입에 찔러 넣으니

아내는 금방 부용꽃이 되고
배는 파도를 북처럼 두드리며 달렸다
잡은 이도 먹질 않았으니 잡은 자의 아내야 말해 뭐할까
제주 앞바다에 주름 가득한 꽃 두 송이가
포말 속에서 환하게 피어나고 있었다

다금바리가 돈이 아니라 꽃이 되는 제주 바다에서
어부 고 씨는 오늘도 그물을 던져 돈을 건진다 <내 입에 다금바리> 전문

다금바리, 농어과 생선으로 최고의 횟감. 값이 비싸니 그 다금바리를 전문으로 잡는 고 씨조차 쉽게 먹어치울 수 없다. 카메라 앞이기 때문이었을까. 웬일로 고씨는 방금 잡은 다금바리 한 마리를 회쳐서 아내의 입에 넣어준다. 다금바리를 받아먹는 아내의 모습에 감격한 이는 고 씨가 아니다. 이기봉이다. 그는 아마도 자신의 아내를 떠올리며 이 시를 써내려간 듯하다. 금슬 좋은 부부를 두고 누군들 감격하지 않을까 싶지만, 이기봉은 그 농도가 짙다. 오죽하면 아들조차 아내의 뒷전으로 밀려난다.

시집 한 권을 들고 변기에 앉았다
시가 끝나며 배변도 끝났는데
화장지가 보이지 않았다

아들, 아들아!
두 번 만에 답이 왔다

화장지!
이보다 명료한 주문이 또 있을까
문득, 아들이 아내 같았다 <문득, 아들> 전문

이기봉은 가족의 고마움이나 소중함이 여일하다. 그는 그 반경 안에서 시적 상상력을 키워나간다. 덕분에 그의 시들은 메시지가 단순한 편이다. 전복적이지 않으니 편안하고, 한정된 세계 안에서 사유하니 소박하다. 파도에 휩쓸릴 위험도 없다. 아내의 희생에 대한 경외의 감정을 드러낸 <고백>에 이르면, 역시 그래, 하면서 절로 고개가 끄덕여진다.

산이 된 나를 벗고 간다
산 아래에서 나를 기다리는
산보다 더 산 같은
여인에게로 나는 간다 <고백> 전문

다산은 『유배지에서 보낸 편지』에서 둘째 아들한테 당대의 시를 두고 다음과 같이 평한다.

"요즈음 시의 경향을 보면 예스러우면서 힘 있고, 기이하면서 우뚝하고, 한가하면서 뜻이 심원하고, 맑으면서 환하고, 거리낌 없이 자유로운 그런 기상에는 전혀 마음을 기울이지 않는다."

이기봉의 시들 속에서 다산의 시론을 잣대로 들이민다면 걸맞은 걸 찾기란 쉽지 않다. 그의 시 대부분은 가족과 자연이라는 반경을 통하여서 사람과 세상을 조심스레 들여다보기를 반복하고 있다. 그래서 첫 시집 『아버지의 창』은 아내라는 프리즘을 통해 상실되어가는 가족이 세상의 시작임을 곡선으로 연결되어 있다는 것을 말하는 것으로 보인다. 하지만 삼십 수년간 가난한 목회자로서 살아온 그의 건강한 정신이 모든 시편에 언뜻언뜻 드러나는 것은, 내가 가슴에 담아두고 떼어내지 못하는 부분이다. 어연번듯한 삶 대신 궁핍한 공동체의 삶을 지향하는 구도자의 모습 말이다. 그건 기쁘고 희망적이지 않은가.

어쨌든 지금 당장 이기봉의 목소리로 최진희의 '물보라'를 듣고 싶으니 이를 어쩌나? ■